AF561497

LE LIVRE MAGIQUE

TOMBÉ DE LA LUNE

1500 ANS

AVANT LA CRÉATION DU MONDE

ET RETROUVÉ EN 1845

CHEZ MM. DEMBOUR ET GANGEL

A METZ.

Se trouve à Paris, chez Basset

Rue Saint-Jacques, 64.

5
Kilo.

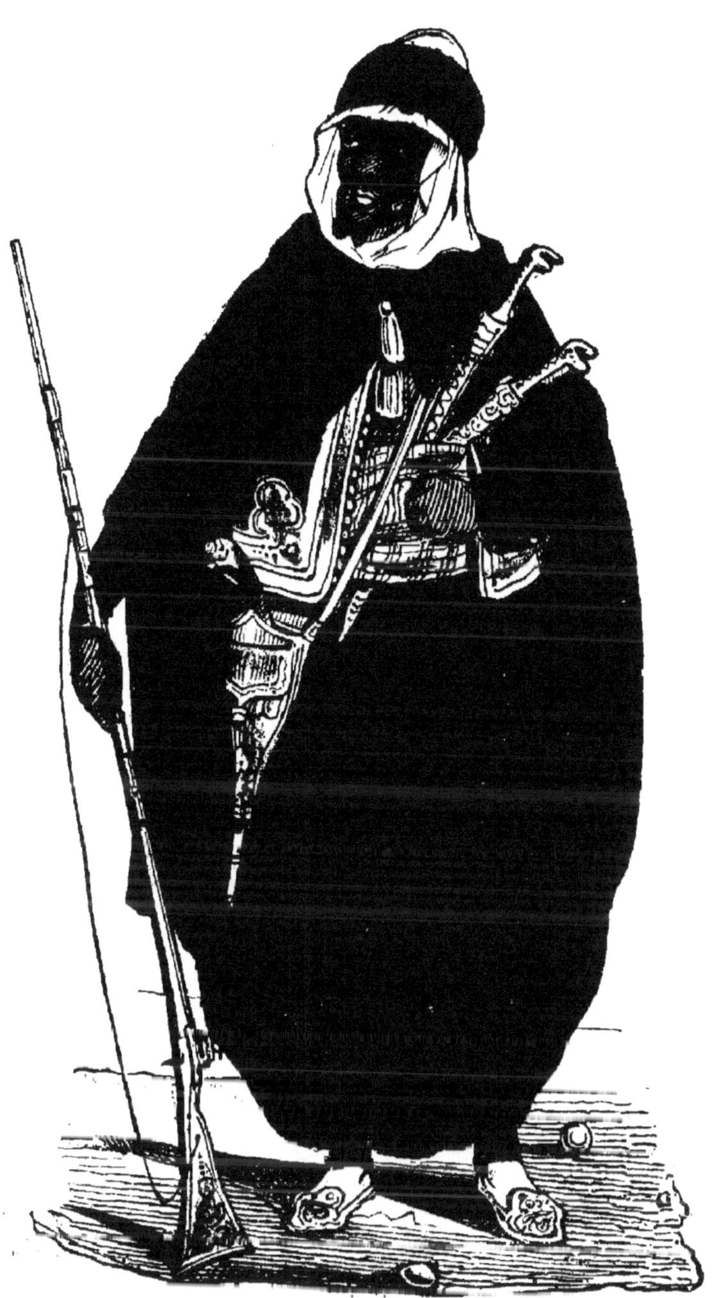

D O M

5
Kilo.

DOM

17

D O M

5
Kilo.

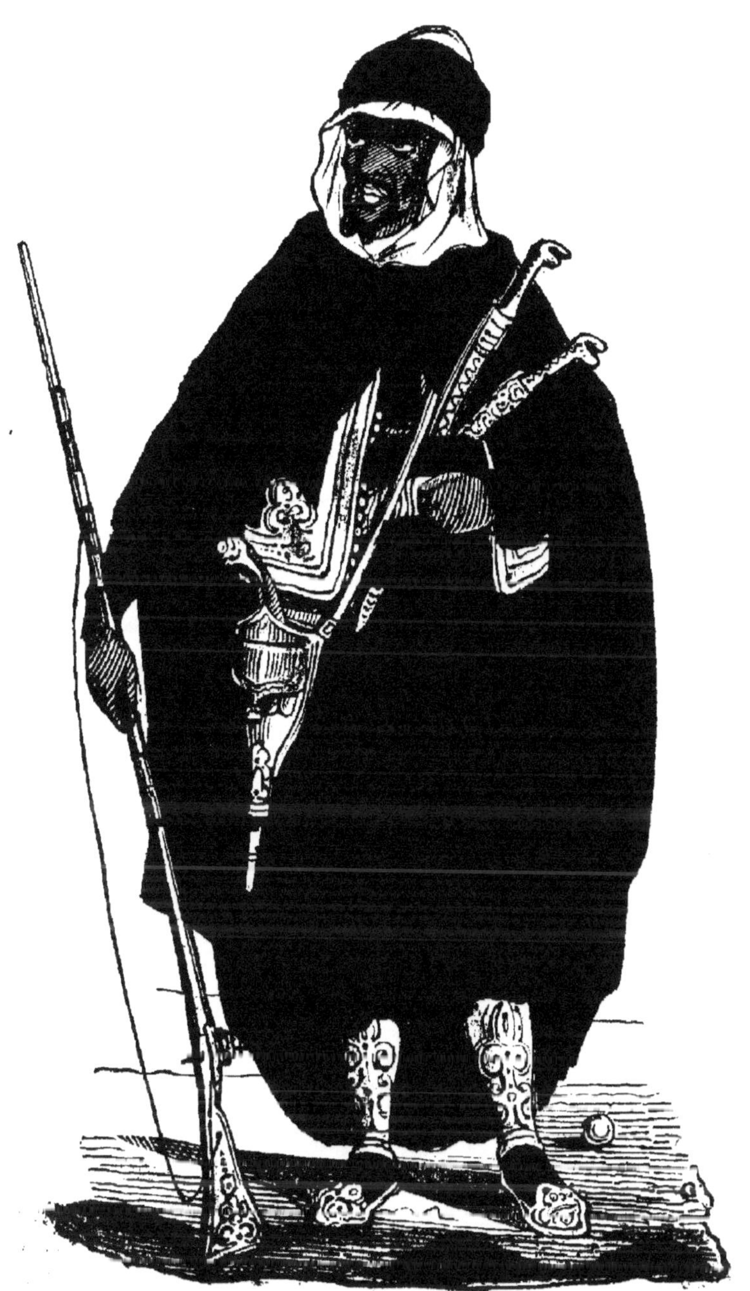

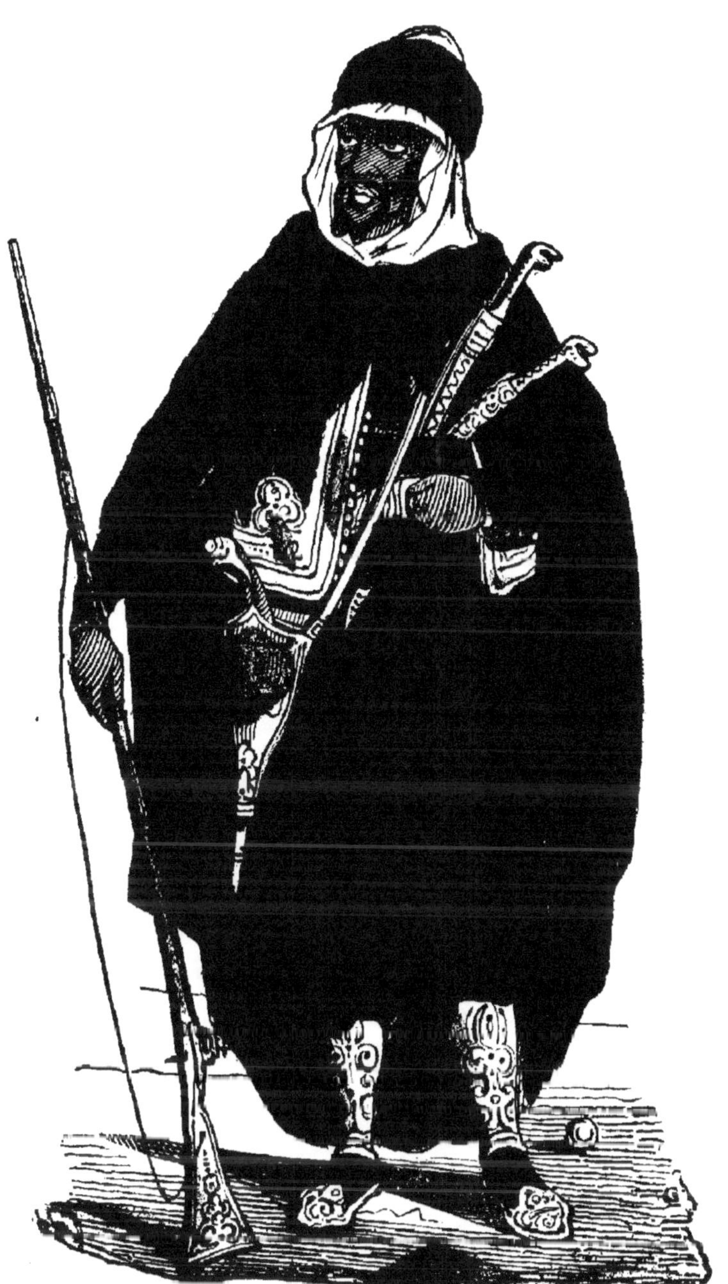

5
Kilo.

5 Kilo.

D O M

17

5
Kilo.

LE LIVRE

MAGIQUE

TOMBÉ DE LA LUNE

1500 ANS

AVANT LA CRÉATION DU MONDE

ET RETROUVÉ EN 1845

CHEZ MM. DEMBOUR ET GANGEL

A METZ.

Se trouve à Paris, chez Basset

Rue Saint-Jacques, 64.

www.ingramcontent.com/pod-product-compliance
Lightning Source LLC
LaVergne TN
LVHW012014220826
846092LV00001B/349

9782329758824